AF495976

ADRIEN VANDEN-VELDE,

COMÉDIE-ANECDOTE

EN UN ACTE, EN PROSE, MÊLÉE DE VAUDEVILLES.

PAR HENRION.

Représentée pour la première fois, à Paris, pour le jour de l'OUVERTURE du théâtre des Nouveaux Troubadours, en Vendémiaire an XIV.

A PARIS,

Chez ALLUT, Imprimeur-Libraire, rue de la Harpe, n° 93, Collége Bayeux.

BARBA, Libraire, Palais-Egalité.

1806.

PERSONNAGES.

ADRIEN VANDEN-VELDE, *fameux peintre.*
M. Salé.

DURAND, *son voisin.* M. Berthelin.

SOPHIE, *fille de Durand.* Mad. Chabert.

M. DE NOGENT, *homme riche.* M. St.-Hilaire.

La scène se passe à Paris, dans la maison où demeure Vanden-Velde.

Nota. L'auteur, M. Henrion, rue des Petites-Ecuries, n°. 15, à Paris, enverra *gratis* le violon répétiteur de cette pièce, et celui de ses autres vaudevilles, à MM. les directeurs des théâtres des départemens, qui lui promettront d'en faire partie de leur répertoire, dans le mois de l'envoi.

ADRIEN VANDEN-VELDE.

*Le théâtre représente le salon de Durand;
il est médiocrement meublé.*

SCÈNE PREMIERE.

ADRIEN VANDEN-VELDE. DURAND.

(Tous deux sont à considérer un tableau représentant une maison de campagne).

DURAND.

QUELLE fraîcheur !.. Je ne me lasse pas d'admirer ce tableau.... La nature est si bien prise sur le fait, qu'on croit sentir les zéphirs au travers des branches de ces arbres. Dites-moi, par quel moyen vous avez pu peindre ces vents qu'on ne voit pas ?

ADRIEN.

AIR : *Jeunes filles, jeunes garçons.*

Non, je n'ai point peint le zéphir
Sur ces arbres qu'on voit paraître.　*(bis)*
La seule harmonie a fait naître
Celui que vous croyez sentir.

DURAND.

Que cette vue est pure;
Qui donc fit ce bijou ?
Est-ce un sage, est-ce un fou ?
Non ; c'est un miroir ou la nature.

ADRIEN.

Si vous aviez traversé le village d'Osselghem, où est située la maison de campagne, que ce tableau représente, vous en seriez encore bien plus enthousiasme... Il n'y a pas un brin d'herbe d'oublié.

DURAND.

Que je suis heureux de vous avoir rencontré pour voisin... Mais, parlant de bonheur, c'en est un aussi pour vous que d'avoir rencontré un paysage aussi agreste.

ADRIEN.

Ah! ah! je l'ai bien un peu recherché.

DURAND.

Comment donc ça ?

ADRIEN.

J'étais dans la ville de Courtray, où je m'amusais à faire quelques esquisses. Le soir, pour me délasser de mes travaux, j'allais à l'estaminet boire de la bière, avec plusieurs de mes amis... Les uns parlaient politique, les autres jouaient leur écot au petit palet.

DURAND.

Eh bien !

ADRIEN.

Un des sociétaires nous dit, dans la conversation, qu'un Français très-riche, nommé Monsieur de Nogent, venait de payer deux fois sa valeur, une maison au village d'Osselghem, attendu la beauté du pays.

DURAND.

Et Monsieur de Nogent vous a commandé...

ADRIEN.

Du tout... Il n'y a que cinq heures de chemin de Courtray à Osselghem... Je pars un beau matin, mes couleurs dans ma poche, ma palette sous mon bras, et j'arrive à la nouvelle habitation de Monsieur de Nogent.... Oh ! les Français ont du goût !

DURAND.

AIR : *Vaud. d'Angélique et Melcour.*

Cette nation est vraiment
Riche, savante et connaisseuse ;
Toujours chez elle le talent
Tient une place avantageuse :
Faisant rentrer dans le tombeau
Le mauvais genre et le futile.
Ses chefs encouragent le beau
Et récompensent l'utile.

ADRIEN.

Aussi toutes les belles découvertes et les chefs-d'œuvres viennent-ils de Paris.

DURAND.

Votre tableau n'en vient pas pourtant.

ADRIEN.

Non ; vraiment... C'est une production du terroir.

AIR : *Du pas redoublé.*

Car pour ne pas perdre de tems
En faisant cet ouvrage,
Le soir j'ai couché dans les champs
De ce beau paysage.
Sans m'occuper de mon logis,
En peignant cette toile,
Mon auberge, dans ce pays,
Était la Belle-Etoile.

DURAND.

C'est cela qui est chaud !.. Monsieur Vynants, votre maître, devait être bien content de vous, de vos progrès.

(4)

ADRIEN.

Il a toujours encouragé mes dispositions.

DURAND.

Tenez, Monsieur Vanden-Velde, il faut que
je vous le dise. J'ai toujours eu dans l'idée que
vous deviendriez un grand peintre, et que vous
feriez oublier le nom de votre maître...

ADRIEN.

AIR : *Non, votre cœur n'est plus le même.*

Je ne crois pas que tant de gloire,
Durand, puisse énivrer mon cœur;
Pour faire perdre sa mémoire,
Il faut un talent trop flatteur.
Mon maître pourra se survivre,
Jamais on n'oublira Vynants,
Et son pinceau devra revivre
Dans son écolier Wouvermans.

DURAND.

Allons, je suis flatté qu'en qualité de voisin,
vous ayez transporté votre atelier dans ma petite
demeure... Vous me faites société, votre conversation me plaît, et vos tableaux m'enchantent.

ADRIEN.

Vous êtes bien bon... Les artistes aiment à
s'attacher; je trouve en vous un ami... et votre
bienveillance, vos attentions, en un mot, tout
ce que vous faites pour moi, m'est d'un grand
secours.

DURAND.

Que je ne vous dérange pas... Remettez-vous
à l'ouvrage.... Moi, je vais sortir pour aller à
la séance publique d'un petit Athénée; on m'a
donné une carte d'entrée. Voici l'heure; je veux
me faire une idée de ce que c'est que des poëtes
de société. J'espère être bientôt de retour.

(*il sort*).

ADRIEN.

Vous me direz ce que vous aurez vu...

SCÈNE II.

ADRIEN VANDEN-VELDE, *seul.*

J'aime à travailler chez le bon homme Durand... Ce n'est pas que j'y trouve le jour plus beau que chez moi; mais il me semble que j'y suis mieux inspiré... Ce n'est pas étonnant, j'y vois l'aimable Sophie, la fille de mon ami.

AIR : *De la petite Nanette.*

Sophie a mille dons divers,
   Et plaît à tout le monde.
Je n'y connais point les travers
   Qu'on remarque à la Ronde..
Que son regard me paraît doux !
   Que sa bouche est jolie !
Je voudrais bien être l'époux
   De l'aimable (*bis*) Sophie.

Aux jeunes gens, par sa beauté,
   Elle plaît à la ronde.
Les femmes ont pour sa bonté
   Une estime profonde...
De la voir chacun est jaloux,
   On l'aime pour la vie...
Je voudrais bien être l'époux
   De l'aimable (*bis*) Sophie.

Mon Dieu ! je crois que je l'entends.

SCÈNE III.

ADRIEN VANDEN-VELDE. SOPHIE.

SOPHIE.

Mon père est donc sorti... Vous voilà seul ?

ADRIEN.

Oui, ma belle amie ; mais je ne pense pas qu'il tarde à rentrer....

SOPHIE.

Quel tableau faisiez-vous là ?

ADRIEN.

Celui du bonheur.

SOPHIE, *regardant son ouvrage.*

Mais je ne vois aucune allégorie, rien qui ait rapport....

ADRIEN.

Ah ! c'était dans mon imagination...

SOPHIE.

Dans votre imagination !...

ADRIEN.

Oui ; je m'occupais de vous, et je croyais que nous étions déja mariés ensemble.

SOPHIE.

Vous voyez bien que ce n'est pas possible ; nous n'en avons pas encore parlé à mon père.

ADRIEN.

J'espère bien que c'est la première chose que je vais lui dire quand il rentrera.

SOPHIE.

Vous ferez comme l'autre jour, vous n'oserez pas encore...

ADRIEN.

Mais vous qui me grondez, vous n'êtes pas plus hardie que moi.

SOPHIE.

C'est que j'ai peur d'être refusée.

D U O.

AIR : *de l'Enfantine, contredanse.*

Vous allez lui parler, vous.

ADRIEN.

Je vais, dans le soin qui me presse,
Faire aveu de ma tendresse,
Avec le desir si doux
Que j'ai d'être votre époux;
Pourtant je crains son courroux!
Mais, s'il approuve ma flamme,
Bientôt vous serez ma femme,
Et l'amour comblant mes vœux,
Pour toujours nous serons heureux.

ENSEMBLE.

Mais je tremble, sur ma foi,
Qu'il n'approuve point notre flamme.
De chagrin je mourrai, moi,
Si je ne vis sous votre loi.

ADRIEN.

Lui parlerez-vous aussi ?

SOPHIE.

Vraiment, je voudrais bien le faire;
Mais comment dire à son père,
Qu'on a desir d'un mari ?
Loin d'approuver nos penchans,
Nos parens
Sont trop prudens.
Un père nous fait attendre,
A son gré, pour prendre
Un gendre.
Mais souvent,
En attendant,
La vieillesse nous vient avant.

ENSEMBLE.

Mais je tremble, sur ma foi, etc.

SOPHIE.

J'entends mon père qui revient... Je me
sauve.   (*elle sort*).

SCÈNE IV.

ADRIEN VANDEN-VELDE. DURAND.

DURAND.

Ouf!... J'en ai encore l'oreille engourdie....
Oh! quels vers rocailleux!

ADRIEN.

Vous n'êtes pas content d'avoir été à l'as-
semblée?

DURAND.

Au contraire, j'en suis très-satisfait, parce
qu'on ne m'y reverra plus.

AIR: *Tenez, moi, je suis un bon homme.*

J'allais, en croyant me distraire,
Dans cet endroit rempli d'auteurs;
J'éprouvai bientôt le contraire,
Parmi ces modernes censeurs.
Chacun bâillait de lassitude,
Car, dans ce rendez-vous d'ennui,
On y lit dans la solitude,
Des vers imprimés pour l'oubli.

ADRIEN.

Ah! comme vous vous êtes amusé!... Je parie
qu'on trouverait chez ces messieurs le sujet d'un
tableau nouveau à faire.

DURAND.

Oui, celui de la cour du roi Morphée.

ADRIEN.

Je vais vous parler d'un sujet plus gai.

DURAND.

Cela me fera plaisir.

ADRIEN.

Vous ne pensez peut-être pas à ce que je vais

vous dire.... Je vais vous entretenir de votre fille.

DURAND.

Vous vous trompez ; je m'en occupe toujours beaucoup ... et quand on me parle de ma fille, on ne fait que réveiller ma pensée ...

ADRIEN.

Dans ce cas, vous devez être heureux.

AIR : *Du partage de la richesse.*

Dans l'accès de votre tendresse,
Vous ne pensez qu'à votre enfant ;
Vous devez éprouver sans cesse
Tous les bienfaits du sentiment.
Ah ! qu'il est doux que sa famille
Occupe seule notre cœur :
Penser à sa femme, à sa fille,
Mon cher, c'est rêver le bonheur.

DURAND.

Vous avez le cœur pur, mon cher Vanden-Velde. La délicatesse dont vous faites profession, prouve qu'un jour vous ferez un bon époux, et qu'une famille se fera gloire de vous compter au nombre de ses enfans.

ADRIEN.

La bonne opinion que vous avez de moi, m'enhardit, et je vous dirai que j'étais résolu aujourd'hui à vous demander la main de l'aimable Sophie...

DURAND.

Quoique vous méritiez toute mon estime, je me vois forcé de vous la refuser... Sophie est peu fortunée ; vous n'êtes riche que d'un grand talent : et vous êtes trop raisonnable pour ne pas convenir qu'on ne doit pas se mettre en ménage avec rien.

ADRIEN.

Ah ! Monsieur Durand, votre refus m'afflige beaucoup.

DURAND.

Je suis père, et je dois parler de la sorte.

ADRIEN.

Je suis amant sincère, et je dois considérablement souffrir de votre rigueur.

DURAND.

AIR : *Vaud. de l'avare et son ami.*

Vous vous plaignez de ma conduite,
Mais je n'agis que pour tous deux.
C'est du mal que je vous évite,
Sans argent on est malheureux !
Vous criez contre sa défense,
D'un père vous blâmez le cœur...
Nous n'avons jamais de rigueur,
Ce n'est que de la prévoyance.

ADRIEN.

Ah ! vous me ferez mourir de chagrin.

DURAND.

AIR : *Vaud. d'Arlequin Musard.*

Bien aisément je me console
De ce que vous dites ici ;
Malgré votre menace folle,
Je ne crois pas qu'on meurt ainsi.
Jadis, dans sa mélancolie,
On mourrait pour une beauté.
Le chagrin n'ôte plus la vie
Quand l'espérance est à côté.

ADRIEN.

AIR : *Dans ce salon où du poussin.*

Ah, répondez mieux à mes vœux,
L'espérance me contrarie.
Si vous voulez me rendre heureux,
Laissez-moi placer dans la vie :

Pour le passé, le souvenir,
Pour le présent, la jouissance...
Je pourrai bien, pour l'avenir,
Me contenter de l'espérance.

DURAND.

Je vous ai dit ce que je pensais sincèrement sur votre proposition... C'est à vous de prendre votre parti.

ADRIEN.

Que de peines!...

DURAND.

Si vous aviez seulement un millier d'écus devant vous; mais vous ne possédez pas un sol.

ADRIEN, *à part*.

Voici la première fois de ma vie que je desire de l'argent.

DURAND.

En conséquence, il est clair que j'agis en père sage... Je vous quitte pour vous laisser passer votre premier accès de contrariété, et vais, quoiqu'il m'en coûte, prévenir ma fille de ma résolution (*fausse sortie*). Adieu, Adrien... sans rancune.
(*ils se prennent la main affectueusement sans parler, puis Durand sort*).

SCÈNE V.

ADRIEN VANDEN-VELDE, *seul.*

Il va prévenir Sophie... Ah! quel coup affreux!

AIR : *La douce clarté de l'aurore, de Lodoiska.*
Qui pourra jamais, dans la vie,
almer tous les maux de mon cœur,

Si je perds aujourd'hui Sophie,
Je perds et repos et bonheur.
O destin ! destin ! que j'implore,
Rends—moi l'objet de mes amours...
Ah ! rends—moi celle que j'adore,
Ou, par pitié, reprends mes jours.

SCÈNE VI.

ADRIEN VANDEN-VELDE. SOPHIE.

SOPHIE.
Eh bien ! mon ami, qu'a dit mon père ?

ADRIEN.
Il m'a déchiré l'ame.

SOPHIE.
Comment, il ne consent pas à notre union ?

ADRIEN.
Il trouve que je ne suis pas assez riche ... Si j'avais seulement mille écus, m'a-t-il dit ...

SOPHIE.
Eh bien ! il faut les trouver.

ADRIEN.
Je n'ai aucune ressource ...

SOPHIE.
Ah ! si je les possédais, moi.

ADRIEN.
Oui; mais nous ne sommes pas plus fortunés l'un que l'autre ...

SOPHIE.
Il me vient une idée.

ADRIEN.
Elle est bonne, sans doute ?

SOPHIE.
C'est de vendre ce tableau, dont vous et mon père font tant de cas.

ADRIEN.

Malgré que ce soit un morceau capital, je n'en espère rien : les connaisseurs sont si rares, les amateurs si gênés ; d'un autre côté, je suis peut-être si peu connu : nous ne jouissons ordinairement de notre réputation qu'après nous.

SOPHIE.

Il me semble que, si le tableau est beau comme on le dit, il n'y a pas de réputation qui tienne ; il faut qu'il se vende mille écus.

ADRIEN.

Comme c'est mon unique ressource, je dois l'essayer.... Je ne veux avoir négligé aucun moyen pour obtenir ce que j'aime... Mais j'ai un certain pressentiment qu'il ne m'en arrivera rien de bien.

SOPHIE.

C'est la crainte de ne pas obtenir ce qu'il vaut, qui vous fait voir de la sorte.... Précisément j'entends mon père... Faisons-lui part de nos projets.

SCÈNE VII.

ADRIEN VANDEN-VELDE. DURAND. SOPHIE.

DURAND.

Eh bien ! je parie que vous êtes-là à vous conter vos chagrins.

SOPHIE.

Oui, mon père.

DURAND.

Mais tu es trop raisonnable pour ne pas approuver ma conduite. J'ai de la prévoyance !

SOPHIE.

Oh ! beaucoup trop, mon père !

DURAND.

Voilà bien les jeunes filles !

TRIO.

AIR : *De la Rosière, contredanse.*

DURAND.

On trouve les pères
Beaucoup trop sévères,
Pour être contraires
A de faibles nœuds.
Mais leur prévoyance
A souvent, je pense,
Préservé l'enfance
D'un sort malheureux.

SOPHIE.

Mais qu'ai-je à craindre,
Pourquoi me plaindre,
Vouloir éteindre
Mes feux dans ce jour.
Adrien m'aime
D'ardeur extrême,
La vertu même
Guide son amour.

ENSEMBLE.

SOPHIE.	ADRIEN.	DURAND.
Vous êtes mon père,	Je trouve les pères	On trouve les pères
Beaucoup trop sévère;	Beaucoup trop sévères;	Beauc. trop sévères,
Sans m'être contraire,	Ils sont tous contraires	Pour être contraires
Approuvez mes nœuds.	A de sages nœuds ;	A de faibles nœuds ;
Cette prévoyance	Et leur prévoyance	Mais leur prévoyance
N'a jamais, je pense,	N'a jamais, je pense,	A souvent, je pense,
Préservé l'enfance	Préservé l'enfance	Préservé l'enfance
D'un sort malheureux.	D'un sort malheureux.	D'un sort malheureux

ADRIEN.

J'aime Sophie,
C'est pour la vie ;

Ah ! je vous prie,
Vîte unissez-nous !
L'aveu d'un père,
Bientôt, j'espère,
Rendra prospère
L'hymen le plus doux !

ENSEMBLE.

SOPHIE.	ADRIEN.	DURAND.
Vous êtes , etc.	Je trouve , etc.	On trouve , etc.

ADRIEN.
Puisque mille écus suffisent pour nous établir,
essayons de les avoir, en portant mon tableau
de la vue d'Osselghem , dans quelque vente.
DURAND.
Mais le fera-t-on monter assez haut ?
ADRIEN.
Essayons toujours !
DURAND.
Je ne m'y connais pas ; mais il me semble
qu'il vaut bien cette somme.
SOPHIE.
Et peut-être plus, mon père...
DURAND.
Allons, on ne vous demande pas votre avis,
à vous.
ADRIEN , *prenant le tableau.*
Eh bien ! partons...
DURAND.
Partons ! et que le bonheur nous accompagne

INVOCATION.

TOUS TROIS.

AIR : *O , Fontenay !*

A tes genoux tu nous vois , ô fortune !

Pour implorer tes bienfaits en ce jour.
Protège-nous, et deviens opportune
A la vertu, la peinture et l'amour !

(*Adrien et Durand sortent*).

SCÈNE VIII.

SOPHIE, *seule*.

Ah ! mon Dieu ! mon Dieu ! Pourvu qu'ils réussissent... Car, s'ils ne rapportent pas les mille écus, je crois bien que mon père ne se laissera pas fléchir ; pourtant j'espère encore.

RONDEAU.

AIR : *C'est en vain que les amoureux, du Traité nul.*

Oui, c'est en vain que les parens
   Condamnent notre flamme,
Puisque l'amour, dans tous les tems, (*bis*)
   Fait triompher la femme. (*bis*)

Oui, c'est en vain, etc.

   Ce Dieu sait, à plaisir,
   Nous faire réussir.
   Pour servir une fille,
   En moyens il fourmille ;
Toujours, toujours, à vaincre, il brille.
   C'est pour notre bonheur (*bis*)
   Qu'il travaille sans cesse ;
Il aime, à la tendresse,
Livrer un tendre cœur,
   Un tendre cœur,
Et pour notre bonheur.

Oui, c'est en vain, etc.

Il est armé pour nous défendre :
Il fait la guerre à nos tuteurs ;
Il combat nos persécuteurs ;
Et sur nos cœurs (*bis*) il peut prétendre :
Aussi nous aimons à nous rendre ,
Et partageons ses ardeurs.
Quelquefois c'est un père
Qui veut, d'un air sévère ,
Nous gronder. Ah ! quel embarras !
  Hélas ! hélas !
Mais l'amour nous éclaire   (*bis.*)
Pour aimer et pour plaire.   (*bis.*)

Oui, c'est en vain que les parens
  Condamnent notre flamme ,
Puisque l'amour, dans tous les tems,
  Fait triompher la femme.

SCENE IX.

ADRIEN VANDEN-VELDE. SOPHIE.

ADRIEN.

Ah ! ma bonne amie, je suis désespéré...
SOPHIE.
Comment donc cela ! Le tableau ne se serait-
il pas vendu ?

ADRIEN.
Il n'a pas encore été mis à l'enchère
SOPHIE.
Alors, de quoi vous effrayez-vous ?
ADRIEN.
De ce que j'ai vu pour les autres... pas le
moindre enthousiasme... Les plus beaux ta-
bleaux étaient tous donnés pour presque rien....
SOPHIE , *affligée.*
Oh ciel !... et l'on croit obtenir des chefs-

d'œuvres, en s'y prenant de la sorte. Il ne suffit pas à l'homme riche de payer le morceau qui lui plaît, il doit mettre l'artiste à même de prévenir nos goûts en l'encourageant.

AIR : *Vaud. du Printems.*

Par une louable manie,
On aime à trouver des tableaux,
Où l'on voit briller le génie
Sous les plus habiles pinceaux.
Mais l'artiste est froid comme un marbre,
Si l'or n'échauffe son esprit.
On sait bien qu'il faut greffer l'arbre
Dont on veut obtenir du fruit.

ADRIEN.

Vous plaidez notre cause avec bien de la chaleur.

SOPHIE.

C'est que je la sens vivement... Ah ça ! vous allez retourner à la vente ?

ADRIEN.

Je n'en aurai pas le courage.

AIR : *Tous les jours au fond de mon cœur,*
(de Marianne.)

Ah ! je crains trop pour mon bonheur,
Je n'ose aller à cette vente ;
Pour les autres, le spectateur
Avait un froid qui m'épouvante.
Ce n'est rien de perdre un tableau
Que peut remplacer mon génie ;
Mais je suis réduit au tombeau,
S'il me prive de ma Sophie,
De ma Sophie.

De ses succès souvent l'amour
A la peinture est redevable,
Et le destin peut en ce jour
Pour nous se montrer favorable :

Si ce tableau peut s'acheter,
Je pourrai dire, ô mon amie !
C'est le talent qui va doter
Le ménage de ma Sophie,
De ma Sophie.

SOPHIE.

Voici mon père qui revient ; il a l'air cour-
roucé.... Grands Dieux ! que va-t-il nous ap-
prendre ?

SCÈNE X.

ADRIEN VANDEN-VELDE. DURAND.
SOPHIE.

DURAND.

Ah ! Monsieur, je vois maintenant pourquoi
vous m'avez laissé seul à la vente....

SOPHIE.

Qu'est-il donc arrivé... vous avez l'air tout
en colère ?

DURAND.

Me faire colporter une copie....

ADRIEN.

Qu'est-ce à dire, ceci... une copie !

DURAND.

Allez, Monsieur, je vous croyais du talent,
mais vous n'êtes qu'un charlatan.

ADRIEN.

On vous en impose ; et si je connaissais le
barbare...

DURAND.

Oh ! il ne vous craint pas.... il va se pré-
senter...

ADRIEN.

Je le confondrai, ce vil imposteur !

SOPHIE.

Qu'a-t-il dit… qu'a-t-il fait… Comment cela s'est-il passé ?

DURAND.

AIR *de la Bonaparte*, *contredanse.*

Or, écoutez l'évènement,
Sans m'interrompre, je vous prie.
Allons jusqu'au dénouement,
Et vous verrez, dans un moment,
Que grande est la fourberie ;
Car ce tableau capital
N'est qu'une simple copie,
Au lieu d'être original.
A peine l'huissier va criant,
Qu'aussitôt l'enchère est suivie,
On en offrait beaucoup d'argent,
Lorsqu'une voix part à l'instant,
Et sur les autres s'écrie :
Voyez quel troc libéral,
Méssieurs, pour cette copie
Je donne l'original.
Justes Dieux ! quel étonnement :
Aucun marchand n'a plus l'envie
De mettre à l'enchère à l'instant,
Et de ses offres se reprend.
Mais il continue et crie :
Admirez mon troc loyal,
Messieurs, pour cette copie
Je donne l'original.
L'enchère s'arrête à l'instant.
De vous parler il a l'envie ;
Et vous allez, dans un moment,
Le voir dans cet appartement.
Si c'est une fourberie,
Pour vous quel moment fatal ;
Si vous offrez la copie,
Dont il a l'original.

Monsieur, vous savez maintenant,
Pourquoi je me montre en furie ;
Pouvais-je croire, en vous servant,
A voir un pareil dénouement ?

SOPHIE.

Ah ! mon Dieu ! que cette aventure est sur-
prenante !

ADRIEN.

Tout se découvrira, et j'en aurai vengeance.

SOPHIE.

Qui nous éclaircira ce mystère ?

DURAND.

L'amateur lui-même, que je vois venir tout
exprès, pour tenir sa parole.

SCÈNE XI.

TOUS LES ACTEURS.

DURAND *à M. de Nogent.*

Donnez-vous la peine d'entrer, Monsieur ; je
vous attendais avec bien de l'impatience. Vous
allez confondre deux incrédules.

NOGENT.

Beaucoup de gens doutent de ce que j'avance.

ADRIEN.

Moi tout le premier, Monsieur, et...

SOPHIE *à Adrien.*

Taisez-vous ! écoutons ce qu'il va dire...

DURAND.

Vous êtes sûr de posséder l'original ?

NOGENT.

Et je le répète : que j'offre encore pour cette
copie.

ADRIEN.

Ah ! le trait est trop fort !... Apprenez, Monsieur, que ce n'est point une copie...

DURAND.

Mais si Monsieur le prouve, qu’aurez-vous
à dire ?

ADRIEN.

Monsieur, je me nomme Adrien Vanden-
Velde, et je suis l’auteur de ce tableau qui n’est
point une copie. Finissez une mauvaise plaisan-
terie qui, si elle dure plus longtems, me fera
perdre la main de la seule femme que j’adore.

DURAND.

Oh ! vous l’avez bien perdue à présent....
Ne croyez pas que je souffre jamais un imposteur dans ma famille.... D’ailleurs, vous n’avez
pas les trois mille francs que j’exigeai pour établir Sophie.

NOGENT.

Monsieur Adrien Vanden-Velde peut se passer
des trois mille francs qu’il cherchait.

SOPHIE.

Comment ! vous, Monsieur, qui lui faisiez de
la peine tout-à-l’heure, vous prenez son parti
à présent ?

NOGENT.

Je n’ai jamais cherché à affliger cet artiste
célèbre.

SOPHIE.

Mais la copie que vous lui reprochez...

NOGENT.

Lui reprocher... Je l’admire tant, que je lui
offre l’original en échange.

ADRIEN.

Eh bien, Monsieur, ayez le courage de me le
faire voir cet original.

NOGENT.

Vous l’avez vu, Monsieur.

ADRIEN.

Où est-il, Monsieur ?

NOGENT.

Où il a toujours été... au village d'Osselghem.

ADRIEN, *ému.*

Au village d'Osselghem !

SOPHIE.

Oh ! mon Dieu !

DURAND.

J'entrevois... serait-il possible...

NOGENT.

Oui, il est possible... Je donne l'original
pour la copie.

SOPHIE.

Et l'original ?...

NOGENT.

Est la maison de campagne elle-même.

SOPHIE.

Oh ! bonheur !

ADRIEN.

Que ce jour est heureux pour moi !... Je
suis récompensé par l'amour et la gloire !...
Vous voyez, Monsieur Durand, qu'il ne faut
pas croire légèrement ce qui touche de si près
à la réputation d'un artiste...

DURAND, *confus.*

Quelle méprise !

ADRIEN.

Elle est notre première fortune.

DURAND.

Oh ! je vous rends ma parole, et nous irons
célébrer vos nôces dans la maison même du village d'Osselghem.

SOPHIE.

Mon père, c'est un peu loin.

NOGENT.

Je vous invite à les faire chez moi, à Paris ;

ensuite, vous partirez pour Osselghem quand il vous plaira.

VAUDEVILLE.

Air *de M. Langlé.*

Quand le même goût vous engage,
Je suis content de vous unir.
Vous trouverez dans le ménage
Et le repos et le plaisir ;
Mais pour être heureux dans la vie,
Chérissez le nœud conjugal ;
Car l'amour n'est qu'une copie,
Dont l'hymen est l'original.

ADRIEN.

Il est deux amours dans le monde,
L'un est sincère et bienfaisant ;
Mais l'autre, d'humeur vagabonde,
Des époux cause le tourment.
L'un excite la jalousie,
L'autre ne cause point de mal :
L'amour volage est la copie,
L'amour constant l'original.

DURAND.

J'apperçois partout, à la ronde,
Des sots et des fats dans l'aris ;
Je vois, lorsque leur foule abonde,
Des ridicules dont je ris.
Le sot sur le fat s'étudie,
Il veut paraître son égal :
C'est une mauvaise copie
D'un plus mauvais original.

SOPHIE, *au public.*

Jadis, pour charmer à laronde
Favart chantait avec esprit,
Et par sa science profonde,
Le spectateur était séduit.
Notre auteur témoigne l'envie,
Non de paraître son égal :
Mais de passer pour la co
De ce charmant original.

Catalogue des Pièces de M. Henrion.

L'ABSINTHE, vaud. en un acte seul.
«Adrien Vanden-Velde, vaud. en un acte seul.
L'Alchymiste, vaud. en 1 acte avec M. Dumersan.
«Allons en Russie, vaud. en un acte avec M. M***.
«L'Amant Rival de sa Maîtresse, opéra en un
  acte, musique de M. Piccini.
«Les amours de la Halle, vaud. en un acte, avec
  M. M***.
Avis aux Garçons, vaud. en un acte, avec M.
  Jacquelin.
«Les beaux-arts au gros-caillou, comédie poissarde,
  Bigaro, vaud. en un acte, avec M. Lucet
«Cassandre, huissier, vaud. en un acte avec M. M***.
«Cassandre malade, vaud. en un acte seul.
Le château et la Chaumière, vaud. en un acte
  avec M Laforteile.
«Le Cuisinier supposé, comédie-parade en un
  acte seul.
La Défaite des Amazonnes, mélodrame en trois
  actes, avec M. Corsange.
Le Désespoir amoureux, vaud. poissard, avec M.
  Servière.
«Les Deux Sentinelles, opéra en un acte, avec M.
  Rougemont, musique de M. Doche.
Diane de Poitiers, opéra en un acte avec M. Rouge-
  mont.
«Drelindindin, vaud. en un acte, avec M. Servière.
Le Duel des Maîtres et des Valets, vaud.
«La Dupe de sa Ruse, vaud. en un acte, avec M.
  Aubertin.
«Les Epreuves, vaud. en un acte, avec M. Ragueneau.
Les Espiègleries de village, vaud. en un acte,
  avec M. Dobilly.
«Est-elle Fille, Femme ou Veuve? vaud. en un acte
  seul.
La Forêt de Claire Fontaine, mélo-drame en trois
  actes, seul.
Galatée, opéra en un acte, avec M. Ernest.
Le Génie Nardar, mélo-drame en trois actes seul.
Henriette et Verseuil, comédie en trois actes, avec
  M. Hennequin.

L'Homme en Deuil, de lui-même, com. en un
    acte seul.
«Il faut un mariage, vaud. en un acte avec M. Brazier.
La Laitière, vaud. en un acte seul.
«Mademoiselle Musard, vaud. en un acte avec M.
    Rougemont.
«Le Malade par Amour, avec M. Brazier.
«Manon la Ravaudeuse, vaud. en un acte avec M. M.
    Desaugiers et Servière.
«Les Marchés de Philis, pastorale en un acte seul.
«Le Mariage de Jocrisse, comédie en un acte seul.
«Le Mariage par enterrement, comédie en un acte,
    avec M. Martin d'Ingrande.
«Le Mari, l'Amant et le Voleur, comme on n'en
    voit plus, vaud. en un acte, avec M. L'Aubespine.
La Méprise, comédie en un acte seul.
«Moissac et ses créanciers, comédie en un acte seul.
«Monsieur de la Palisse, vaud. en un acte seul.
Mons. Jaunas, vaud. en un acte avec M. Dumersan.
«Ninon de L'Enclos, vaud. en un acte avec M. Ra-
    guenau.
Les Persécutions diaboliques, mélo-drame en quatre
    actes avec M. Bazile.
Rosenthal, vaud. en un acte avec M. Raguenau.
«Le Soldat tout seul, vaud. en un acte seul.
Suzon la rempailleuse, vaud. en un acte.
«Le Télégraphe d'amour, vaud. en un acte, avec
    M. Servière.
«Le tour de France, vaud. en un acte avec M.
    Brazier.
Les trois Bossus, comédie en trois actes, avec
    M. Ragueneau.
«Les trois Sœurs, vaud. en un acte seul.
Une nuit de Madrid, comédie en deux actes seul.
«La Vestale et l'Amour, vaud. en un acte seul.
«Virginie, comédie en 1 acte avec M. Corsange.

NOTA. Les Pièces marquées « sont imprimés. L'auteur, rue
des Petites-Ecuries n°. 15 à Paris, fournira *gratis* à M. M. les
Directeurs de théâtre dans les départemens, le Violon, ré-
pétiteurs de ses Vaudevilles, moyenant qu'ils s'engagent
à monter dans le mois de l'envoi, l'ouvrage qu'ils auront
demandé.